L'AMOUR
AU DAGUERRÉOTYPE

VAUDEVILLE EN UN ACTE,

PAR

MM. VARIN, SAINT-YVES ET BUREAU,

REPRÉSENTÉ POUR LA PREMIÈRE FOIS, A PARIS, SUR LE THÉATRE DU VAUDEVILLE, LE 16 AOUT 1853.

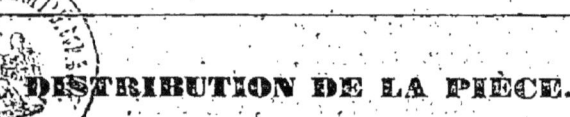

DISTRIBUTION DE LA PIÈCE.

GONZALVE KERKADEC, clerc d'avoué. . . MM. RENÉ LUGUET.
SYMPHORIEN, artiste. . . . . SPECK.
BRICHET, provincial. . . . . LÉONCE.
MORDICUS, employé . . . . SCHEY.
LYDIE, jeune étrangère . . . . Mmes IRMA RHONÉ.
ZOÉ, nièce de Brichet. . . . . JEANNE.

La scène passe chez Symphorien.

———————

———————

Toutes les indications sont prises du spectateur. Les personnages sont inscrits en tête des scènes dans l'ordre qu'ils occupent au théâtre, c'est-à-dire que le premier inscrit tient la gauche du spectateur, et ainsi de suite. — Les changements de position sont indiqués par des renvois au bas des pages.

S'adresser pour la musique exacte, à M. TARANNE, 15, rue Montmartre.

L'AMOUR AU DAGUERRÉOTYPE.

Un atelier d'artiste, plein d'objets rangés un peu au hasard, et au milieu desquels on distingue un appareil de daguerréotype tout prêt à fonctionner. — A droite, une grande draperie fixée sur la muraille, et, devant, un fauteuil surmonté d'un appuie-tête. — Au-delà, dans l'angle de la porte d'entrée, à gauche, premier plan, une espèce de cahutte servant de chambre obscure. — Plus loin, la porte de la chambre de Symphorien. — Le fond est occupé par un large vitrage donnant sur un balcon, au-delà duquel on n'aperçoit que des toits et des cheminées.

SCÈNE I.

BRICHET, *posant à droite*; ZOÉ, *assise au milieu*; SYMPHORIEN, *debout à gauche près de Zoé, lui parlant bas avec feu.* *

SYMPHORIEN, *haut, à Brichet.*

Ne bougez pas, monsieur Brichet !

BRICHET.

Vous m'aviez dit qu'un portrait au daguerréotype était l'affaire de trente-six secondes... et en voilà déjà trente-huit !

ZOÉ.

Vous avancez, mon oncle.

BRICHET.

Ma nièce, je suis invulnérable sur les chiffres, moi Brichet, professeur d'arithmétique, enseignant la tenue des livres...

SYMPHORIEN.

Un peu de patience !... ça vient, ça vient !... (*Bas à Zoé.*) Mademoiselle, dites-moi que mon rival vous est odieux !

ZOÉ.

Je ne le connais seulement pas !

SYMPHORIEN.

O ma Zoé !

ZOÉ.

Assez, monsieur Symphorien !

BRICHET.

Oui, assez, j'ai la chevelure très-malade.

* Symphorien, Zoé, Brichet.

SYMPHORIEN.

Soit !... (*A Zoé.*) Mais nous nous reverrons, n'est-ce pas ? (*Haut.*) C'est fait. (*Il délivre Brichet.*)

BRICHET, *se levant.*

Diable de serre-tête !... ça m'occasionnait des distractions.

SYMPHORIEN.

Pourvu que l'épreuve n'en ait pas souffert !... Il faut que je m'en assure. (*Il entre dans la chambre noire.*)

ZOÉ.

Savez-vous, mon oncle, qu'il n'est pas mal ce jeune homme ?

BRICHET.

Euh ! euh !

ZOÉ.

Son intérieur annonce de l'aisance...

BRICHET.

Je crains qu'il n'en ait plus dans les manières que dans... D'ailleurs, pourquoi s'intéresser à ce disciple de Daguerre ? Tu as un futur, une des meilleures familles de Paimbeuf, ma patrie ; tourne ta pensée devers lui..; tourne-la exclusivement...

ZOÉ.

Encore, faudrait-il l'avoir vu !

BRICHET.

Le fait est qu'il est inoui que depuis notre arrivée à Paris nous n'ayons pas encore pu mettre la main sur ce monsieur.

ZOÉ.

Ce n'est guère flatteur pour moi ; car, enfin, il était prévenu !...

BRICHET.

Ma nièce, j'ai engagé ma parole à Kerkadec, et je me dois à moi-même de faire une nouvelle tentative, mais voilà... à quel moment?... ma journée est tellement prise !...

ZOÉ.

C'est vrai...

BRICHET, *consultant son calepin.*

Visiter la pompe de la porte Saint-Denis, dont on m'a vanté le mécanisme... visiter le Musée Céramique...

ZOÉ.

Qu'est-ce que c'est donc, mon oncle, que le Musée Céramique ?

BRICHET.

C'est le musée des pots et des cruches fabriqués par les peuples les plus reculés.

Air de *Jadis*. (A Paris, il n'est pas d'obstacle).

Si j'en crois ce que l'on raconte,
Nous verrons dans tout' sa beauté,
Plus d'une cruche qui remonte
A la plus haute antiquité !
Ça surpass' mon intelligence,
Et j' me demand' pourquoi tant d' gens
Ont une aussi courte existence,
Quand les cruch's vivent si longtemps.

SYMPHORIEN, *rentrant avec la plaque.* [*]

Superbe !... admirable !... vous êtes venu comme un petit cœur.

BRICHET.

Voyons !... ah ! c'est particulier, je ne me reconnais pas.

SYMPHORIEN.

Vous ne vous êtes peut-être pas vu depuis longtemps.

BRICHET.

Mais je n'ai pas une tête de veau !... vous m'avez fait une tête de veau !...

SYMPHORIEN.

Vous croyez ?... c'est la distraction !...

BRICHET.

Et mon nez ?... je ne vois pas mon nez ?...

SYMPHORIEN.

C'est vrai !... le nez n'est pas sorti.

BRICHET.

Je crois même qu'il est rentré.

SYMPHORIEN.

C'est la distraction !... Du reste nous allons recommencer cela...

BRICHET.

Est-ce que j'ai le temps ? Vous ne savez donc pas que je suis pressé comme le télégraphe électrique dont les sept fils de fer, car il y en a sept, se promènent au-dessus de cette maison.

ZOÉ.

Mais nous pouvons revenir, mon oncle.

SYMPHORIEN.

Certainement je vous dois un nez ! il faut que je vous le rende... Voulez-vous que je vous fasse un bon ?

BRICHET.

C'est inutile, tantôt je ferai en sorte...

[*] Symphorien, Brichet, Zoé.

ZOÉ.

En sortant du Musée Céramique où nous serons je crois à onze heures.

BRICHET.

Précises !

SYMPHORIEN, *à part.*

J'y serai.

ENSEMBLE.

Air : Polka de MONTAUBRY. (*Pas de Fumée*).

BRICHET.

Devant ces vases du vieux temps,
Merveilles de la Céramique,
Je regretterai l'âge antique,
Où les cruch's vivaient deux mille ans.

SYMPHORIEN.

Devant ces vases du vieux temps,
Merveilles de la Céramique,
A quelque beauté moins antique,
Je consacrerai mes instants.

ZOÉ.

Devant ces vases du vieux temps,
Merveilles de la Céramique,
Mon cœur qui n'aime pas l'antique,
Cherchera d'autres agréments.

(*Brichet sort avec Zoé.*)

SCÈNE II.

SYMPHORIEN, puis GONZALVE.

SYMPHORIEN.

C'est un rendez-vous qu'elle me glisse dans le tube !... va, tu ne m'y attendras pas, fille de Bretagne, je t'y antécéderai ! mais en mon absence qui est-ce qui tiendra ma boutique ?... Je suis fâché d'avoir renvoyé mon groom !... ce Saint-Jean me fait faute !

GONZALVE, *en déguisement de bal.*

L'amitié n'est pas importune.

SYMPHORIEN.

Gonzalve !

GONZALVE.

Pas mal et toi !... (*Le faisant polker.*) Tra, la, la, la lire !

* Symphorien, Gonzalve.

SYMPHORIEN.

Mais finis donc !...

GONZALVE.*

Ouf !... mon ami, j'en ai fait une !

SYMPHORIEN.

Une bêtise !... puisque tu t'en vantes !

GONZALVE.

C'était samedi, au bal de la Reine-Blanche.

SYMPHORIEN.

Ce doit être bien composé !...

GONZALVE.

Une princesse exotique, pur sang, daigna m'accepter pour cavalier... Oh ! mon ami, quelle créature !... remplie d'instruction quoique étrangère. Elle m'a dit qu'elle venait de l'orient.

SYMPHORIEN.

L'orient, c'est l'est.

GONZALVE.

Comment leste ?

SYMPHORIEN.

Comme l'occident, c'est l'ouest.

GONZALVE.

Je te le passe, mais n'y reviens plus.

SYMPHORIEN.

Ah ça ! pourquoi viens-tu me conter ce fabliau ?

GONZALVE.

Parce que ma Lydie, elle se nommme Lydie, va se rendre dans ton local pour se faire daguerréotyper.

SYMPHORIEN.

Tu m'amènes une pratique, ce procédé me touche.

GONZALVE.

Ne me remercie pas !... je m'installe à ta place !... Tu conçois ?... Je ne peux pas, moi, clerc obscur d'avoué, recevoir une sultane dans ma chambre... une mansarde où il n'y a que les *Cinq Codes* et une table !... la table des matières... Je serais flambé dans son âme...

Air : *J'ai vu le Parnasse.*

Tandis qu' Symphorien l'artiste,
Au sein d'un brillant atelier,
C'est superbe, et nul ne résiste
A l'attrait d'un pareil métier;

* Gonzalve, Symphorien.

Je te remplace d'aventure,
Et comme tu m'as, par bonheur,
Donné de ton art un teinture,

SYMPHORIEN.

Tu mets à profit la couleur

GONZALVE.

Comm' tu dis, c'est une couleur !

SYMPHORIEN.

Ça se trouve à merveille ?... Il faut justement que je m'élance sur les traces d'un ange !

GONZALVE.

Bah ! tu as un ange ?...

SYMPHORIEN.

Une jeune Bretonne ornée d'un oncle !

GONZALVE.

Des Bretons !... des compatriotes à moi !

SYMPHORIEN.

Si tu allais les connaître, tu appuierais mes prétentions que je ne crains pas d'appeler légitimes.

GONZALVE.

Ah ! tu épouses, toi ?... alors je te ferai recommander par l'auteur de mes jours qui a la manie des mariages... Croirais-tu qu'il est en train de m'en mitonner un en Bretagne... Ah ! mais là... un rup !...

SYMPHORIEN.

Eh bien ! ça t'irait à toi, qui es très-pané...

GONZALVE.

Bah !... c'est bon pour toi qui as un établissement, un appartement, et même un groom !

SYMPHORIEN.

C'est-à-dire, j'avais un groom ! mais comme il me mangeait dans la main, je l'ai envoyé chercher une autre assiette !

GONZALVE.

Tiens ! ce pauvre Saint-Jean, tu l'as expulsé !

SYMPHORIEN, *tirant sa montre.*

Onze heures !... au Musée Céramique !... Je n'ai que le temps ! Adieu... (*Il va pour sortir.*)

GONZALVE.

Dis-moi, au moins, où sont tes plaques ?

SYMPHORIEN.

Là, dans cette chambre. (*Il sort.*)

GONZALVE.

Bonne chance avec ta Bretonne !

SCÈNE III.

GONZALVE, *seul.*

Enfin ! je trône dans l'atelier ; le chef a disparu et voici son enveloppe... Dépouillons Gonzalve et transformons-nous en Symphorien. (*Il ôte ses vêtements qu'il place sur une chaise, puis il endosse la vareuse et se coiffe de la calotte.*) Tâchons d'attraper le chic rapin... Soyons capricieux et fantaisiste ! Je veux que Lydie, en me voyant, s'écrie : Oh ! que ce jeune artiste est bien ! Sapristi ! qu'il est donc bien !... Et son portrait que je lui ferai à l'œil !... J'entends une bottine... C'est elle !... Jouons le Raphaël. (*Il prend une palette, des pinceaux, se place devant un chevalet, et fait semblant de peindre.*)

SCÈNE IV.

GONZALVE, LYDIE.*

LYDIE.

Monsieur Symphorien, artiste en dag, en dig, en dog... s'il vous plaît ?

GONZALVE.

Vous y êtes...

LYDIE.

Ah ! oui, je vous remets malgré votre calotte et votre camisole...

GONZALVE.

Oui, perle de l'orient, je cherchais à fixer votre image sur la toile, en attendant...

LYDIE.

Vrai !... vous me peignez... voyons ça.

GONZALVE.

Non, non, ce n'est qu'une ébauche.

LYDIE, *regardant le tableau.*

Ah ! elle est bonne celle-là ! c'est un moulin !

GONZALVE.

Dame ! quand on peint de mémoire ! d'ailleurs je m'en voudrais toute ma vie si je vous faisais à l'huile... cet assaisonnement ne convient qu'à la salade tandis que le daguerréotype, c'est bien plus distingué... on n'a pas encore fait de laitue au daguerréotype.

LYDIE.

C'est donc vrai que vous êtes un artiste ? est-ce un bon état ? gagnez-vous pas mal ?

* Gonzalve, Lydie.

GONZALVE.

Je gagne beaucoup à être connu !... vous en ferez l'expérience, ô ma Lydie...

LYDIE.

Jeune homme, sans aller par quatre chemins dans quel arrondissement pensez-vous me conduire ?

GONZALVE.

Vous m'affligez, topaze de l'Asie !... si vous doutez de l'honneur d'un gentilhomme, je n'ai plus qu'à mourir de consomption...

LYDIE.

Ah ! si vous me trompiez, vous seriez un fier gueux ! Je suis si bonne, si tendre, si dévouée ; par exemple d'une jalousie féroce, je vous en préviens...

GONZALVE.

Et moi donc !... Othello II !...

LYDIE.

Je ne déteste pas ça !

GONZALVE.

Moi j'en raffole !...

LYDIE.

Air : *Dans un amoureux délire.*

Ne soyez jamais volage !

GONZALVE.

Je le jure ! par Mahomet.
Mais si vous n'êtes pas sage,
Gare à vous, mon p'tit minet !

LYDIE.

J' vous tuerais à l'instant même.

GONZALVE.

Ah ! que nous serons heureux !

LYDIE.

Il est si doux quand on s'aime,
D' s'arracher les yeux

GONZALVE.

Et les ch'veux.

ENSEMBLE.

D' s'arracher les yeux
Et les ch'veux.

LYDIE.

A propos de ça j'ai remarqué qu'au bal, vous aviez des façons bien papillonnes.

GONZALVE.

Eh bien ! et vous ?... j'ai vu un certain paillasse masqué, qui manœuvrait dans vos alentours !

LYDIE.

Je pourrais nier le paillasse, mais je suis loyale, le paillasse existe !

GONZALVE.

Parbleu ! depuis trois bals il s'applique à vous écorcher les talons !...

LYDIE.

Cet être-là c'est mon antidote !... je le vois partout... il sort de dessous terre, il me tombe du ciel !

GONZALVE.

Il n'a pourtant pas la mine d'un chérubin. (*En ce moment on aperçoit un paillasse qui s'élance sur le balcon et qui fait des signes à Lydie à travers le vitrage.*)

LYDIE, *le voyant.*

Ah !!

GONZALVE.

Hein ? quoi ?

LYDIE.

Rien... adieu !...

GONZALVE.

Comment, adieu ! et votre portrait ?

LYDIE.

Je ne suis pas pressée !

GONZALVE.

Mais je le suis moi !

LYDIE.

Vous n'en finissez pas.

GONZALVE.

Une minute ! le temps de polir une plaque et j'accours... (*Il va fermer la porte du fond et met la clé dans sa poche.*)*

LYDIE, *à part.***

C'est encore lui !

GONZALVE, *à part.*

Sous clé, comme dans un sérail !...
(*Il entre dans la chambre à coucher.*)

* Lydie, Gonzalve.
** Gonzalve, Lydie.

SCÈNE V.

LYDIE, MORDICUS.

(Mordicus qui s'est caché un instant reparaît sur le balcon et secoue le vitrage.)

LYDIE.

Le revoilà !... il est capable de casser les vitres. (*Elle va ouvrir la fenêtre du balcon.*)

MORDICUS, *entrant.*[*]

Bonjour, ma fauvette !... (*Il veut l'embrasser.*)

LYDIE.

C'est encore vous ?

MORDICUS.

Encore moi, ma linotte. (*Même jeu.*)

LYDIE, *le repoussant.*

Vous êtes donc un danseur de cordes que vous me donnez la chasse jusque sur les toits !

MORDICUS.

Mais ma petite mésange, je suis dans l'exercice de ma profession.

LYDIE.

Vous êtes couvreur ?

MORDICUS.

Contrôleur du télégraphe électrique qui sillonne cette circonscription ! Je tiens mon bureau sur les tuiles...

LYDIE.

Et vous faites votre métier en paillasse ?

MORDICUS.

Par ta faute, mon petit roitelet.

LYDIE.

Je ne gobe pas ça !

MORDICUS.

Tu es restée si tard au bal que je n'ai pas eu le temps de me dépaillasser !... Ce matin, mon service me réclamait, je me suis élancé dans les airs sans balancier ! Mais à peine je cheminais le long des cheminées que j'ai été aperçu par un citadin qui se barbifiait à sa lucarne ! à mon aspect ce jobard s'est fait une entaille !

LYDIE.

Dame ! à six heures du matin, un paillasse sur les toits !

[*] Lydie, Mordicus.

MORDICUS.

C'est moins commun que les pierrots, je l'avoue!... Ce crétin s'est mis à pousser le cri si connu!... à la...

LYDIE.

Oui, je sais.

MORDICUS.

Air : *Tout le long de la rivière.*

Bref, à ce cri tous les châssis
S'entrebaillent tout ébahis;
J'entends miauler les chatières,
Éternuer les tabatières,
Vomissant sur moi d'un seul bond,
Mille affreux diables de carton,
Et je m' disais, m' coulant dans les gouttières,
Quell's têtes on avait au fond des tabatières.
Tout le long, le long de ces gouttières.

Et ils ont répété en chœur à la... Bah ! disons le mot, chianlit! J'ai reculé devant cette manifestation et de tuile en ardoise! de corniche en gouttière, je me suis coulé sur ce balcon... je vous ai vue, et tu sais le reste!... (*Il veut l'embrasser.*)

LYDIE. *

Mais finissez donc vos entreprises! est-ce que je vous connais !... Vous m'êtes aussi étranger qu'un chinois.

MORDICUS.

Voici ma généalogie !... Je m'appelle Mordicus! caractère idem! fonctionnaire haut placé !... par état je suis toujours aux combles... même à celui du bonheur, si tu voulais m'y accompagner !

LYDIE.

Que me proposez-vous?

MORDICUS.

Mon cœur.

LYDIE.

Dans quel arrondisssement ?

MORDICUS.

Dans le meilleur !

LYDIE.

A la mairie ?

MORDICUS.

Nous attendrons qu'on la bâtisse !

LYDIE.

Ah ! mais, mon petit !... c'est à moi que vous tenez des inconvenances de ce calibre là !

* Mordicus, Lydie.

MORDICUS.

À toi, ma petite caille !

LYDIE.

Monsieur Mordicus !

MORDICUS.

Ne faites pas la sucrée... ça manque de sel... je vous connais, moi !... J'ai remonté à la source... vous n'êtes qu'une brunisseuse... peu polie.

LYDIE.

Motus ! ne me vendez pas, généreux paillasse !... je suis à deux doigts d'un brillant hyménée et vous ne seriez pas homme à faire craquer mon établissement !

MORDICUS.

Puisque je t'en offre un !

LYDIE.

Le vôtre ! c'est pour de rire !

MORDICUS.

Eh bien ! nous rirons ! et si l'habitant de ce taudis veut faire le malin...

LYDIE.

Je vous préviens qu'il est trapu !

MORDICUS.

Mais je suis diablement nerveux !

LYDIE.

Chut !.. Je l'entends !

MORDICUS.

Suffit ! nous nous reverrons !... (*Il va pour sortir.*)

LYDIE.

C'est ça, filez !

(*Mordicus met le pied sur le toit. Aussitôt on entend de loin crier à la chianlit.*)

MORDICUS.

L'émeute recommence !

LYDIE.

Par l'escalier !

MORDICUS, *essayant d'ouvrir la porte.*

La porte est close !

LYDIE.

Mais dépêchez-vous donc, le voici !

MORDICUS.

Ah ! ce rideau !... (*Il se cache derrière le rideau.*)

LYDIE, *à part.*

Je dois être livide !

SCÈNE VI.

GONZALVE, LYDIE, MORDICUS, *caché.*

GONZALVE, *rentrant avec une plaque.* *

Me voilà ! me voilà !... j'ai été longtemps, pas vrai ?

LYDIE.

Oh ! ça ne fait rien !

GONZALVE.

C'est qu'il me fallait polir une plaque !... mais à présent ça
va marcher à la vapeur !

LYDIE.

Quand vous voudrez, monsieur Symphorien !

GONZALVE, *mettant la plaque dans l'appareil.*

Bon... je prépare la machine !

MORDICUS, *se montrant, à part.*

Qu'est-ce qu'il prépare ?

LYDIE, *lui faisant signe.*

Chut !

MORDICUS, *à part.*

Qu'est-ce quelle disait, il n'a pas l'air fort.

GONZALVE.

Voyons, plaçons-nous bien en face.

(*Il fait tourner le fauteuil.*)

LYDIE.

Tiens, on dirait une lanterne magique à trois pattes !

MORDICUS, *à part.*

Ah ! ah !... un daguerréotype !

GONZALVE.

Et vos menottes ?... comment poserons-nous vos jolies menottes. (*Il les embrasse.*)

LYDIE, *le menaçant.*

Je vais vous les poser quelque part, si vous ne restez pas
tranquille.

MORDICUS, *à part.*

Le drôle est caressant !

GONZALVE.

Ah !... la gauche sur le bras du fauteuil, comme ça !... et
dans la droite vous tiendrez n'importe quoi !...

LYDIE.

Un morceau de galette, si vous en avez !

_____
* Gonzalve, Lydie, Mordicus.

GONZALVE.

Fi donc ! ce groupe anacréontique... Psyché et l'Amour !...
(*Il lui donne le groupe.*)

LYDIE.

J'aimerais mieux de la galette chaude.

GONZALVE.

Vous regarderez l'Amour avec l'expression voulue ! (*A part.*)
je la pousse aux idées folâtres.

MORDICUS, *avançant la tête.*

Je voudrais bien voir...

GONZALVE.

Maintenant immobile comme un plâtre dans sa niche.
(*Il retourne l'appareil et abrite sa tête sous un capuchon. —
Musique.*)

MORDICUS, *écartant le rideau.*

Tant pis ! je me risque ! (*Accroupi sur les genoux, il s'approche
de Lydie et lui prend la main gauche.*)

LYDIE.

Malheureux ! vous causez ma ruine !

MORDICUS.

Bah ! il n'a pas l'air fort !

GONZALVE, *rejetant le capuchon.*

Fixe et ne bougeons plus !... (*Il lève la petite plaque de l'appareil, Lydie et Mordicus se tiennent immobiles, ce dernier la
bouche sur la main de Lydie, et caché par son fauteuil aux yeux
de Gonzalve qui va se placer au fond.*)

LYDIE, *à part.*

Je suis sûre que jai la fièvre !

GONZALVE, *tirant sa montre.*

Attention !... je compte les minutes comme pour un œuf à la co-
que !... une, deux. (*A Lydie.*) Regardez l'Amour !... trois, quatre,
cinq... du velours dans l'œil !... six, sept, huit, de la narine !...
nous allons obtenir un résultat un peu... vigoureux... (*A part.*)
Après quoi nous discuterons sur le prix !... (*Bouchant l'appareil.*) n-i ni , fini !

LYDIE, *retirant sa main à Mordicus.*

Ah ! enfin !

GONZALVE, *emportant la plaque.*

Un peu de patience je vais vous rapporter l'objet !... (*Il va
s'enfermer dans la chambre noire.*)

MORDICUS, *se levant.*

J'ai des crampes dans les genoux !

LYDIE, *se levant aussi.* *

Vite, partez !... vous n'avez que le temps. (*Elle lui donne le groupe.*)

MORDICUS.

Mais par où, ma perdrix ?

LYDIE.

Par où... vous êtes venu !...

MORDICUS..

Et les tabatières ?

LYDIE.

Essayez encore !

GONZALVE, *dans la coulisse.*

Ça avance ! ça avance !...

MORDICUS.

Moi, je m'en vais !... bon !... et l'Amour qui me reste sur les bras !... (*Il le dépose.*)

GONZALVE, *dehors.*

C'est venu !

MORDICUS, *embrassant Lydie.*

Je prends mon vol ! (*Il s'élance sur le balcon, et Lydie referme la fenêtre.*)

SCÈNE VII.

GONZALVE, LYDIE.

LYDIE.

Que le bon Dieu le bénisse !

GONZALVE.

(*Il sort de la chambre noire ; il regarde la plaque qu'il tient à la main, puis Lydie, puis il se met à parcourir la chambre en visitant les coins, les meubles, la porte et les rideaux.*)

LYDIE, *à part.*

Est-ce qu'il tombe d'un mal ?

GONZALVE, *cherchant.*

Où est-il ? où est-il ?

LYDIE.

Vous courez après un rat ?

GONZALVE.

Le paillasse ! je demande le paillasse.

LYDIE, *à part.*

Tiens, il la vu !

___
* Lydie, Mordicus.

GONZALVE.

Celui qui vous becquetait la main, répondez.

LYDIE.

Vous perdez la boule.

GONZALVE.

Et la plaque, madame, c'est gravé sur la plaque ! Démenti-rez-vous cette gravure? ou plutôt cette gravelure ?

LYDIE, *à part.*

Ah ! comme c'est traître, ces lanternes-là !

GONZALVE.

C'est le paillasse du bal... toujours le même... et j'ai repro-duit sa posture à vos pieds... comme un imbécille !... qu'il est ! non... que je suis ! non ! que nous sommes tous les deux.

LYDIE.

Allez donc ! c'est cette mécanique qui est détraquée !

GONZALVE. *

Mais où est-il? il a dû entrer ici et en sortir... Il est impos-sible qu'il ne soit pas entré puisqu'il est sorti !

LYDIE.

Mais comment?... puisque vous avez fermé la porte !

GONZALVE.

Vous l'avez donc apporté dans votre poche ? voyons votre poche?... Il y est peut-être ?

LYDIE.

Ne me touchez pas !... Je vois votre manigance... c'est une querelle de Prussien que vous me cherchez !

GONZALVE.

La Prusse est complètement étrangère à ce conflit !

LYDIE.

Mais vous ne connaissez pas les femmes de l'orient !

GONZALVE.

J'en ai une idée !... A présent, je comprends les Icoglans ! j'admire cette institution.

LYDIE.

Symphorien, c'est infâme !... vous m'attirez dans votre souri-cière, et vous croyez que ça se passera comme une lettre à la poste ?... Eh bien, non ! je veux être réhabilitée devant mon sieur le maire.

GONZALVE.

Allons-y chez ce magistrat, je lui montrerai la plaque, 1 nous donnera ses conclusions sur le paillasse !

* Lydie, Gonzalve.

LYDIE.[*]

Malheureuse que je suis !... Ah ! les nerfs ! les nerfs !... j'é-
touffe ! Symphorien !... Symphorien ! (*Elle tombe sur un siége.*)

GONZALVE.

Oui !... oui !... appelle, mon bijou !... adresse-toi à la société
de secours !... (*En parlant, il a ôté sa vareuse et sa calotte qu'il
jette dans la chambre à coucher, ouvre la porte du fond et s'es-
quive en emportant son habit.*

SCÈNE VIII.

LYDIE, puis MORDICUS.

LYDIE, *très-haut.*

Oh ! que je souffre !...

MORDICUS, *rentrant par le balcon.*[**]

Voilà un autre anicroche !... mon inspecteur qui fait sa tour-
née, et s'il me voyait sous cet uniforme !...

LYDIE, *même jeu.*

De l'eau !... du vinaigre !

MORDICUS.

Lydie en syncope !... (*Il lui tape dans la main.*)

LYDIE.

Oh ! Sympho...rien ! (*Le reconnaissant.*) Tiens, c'est le paillasse !

MORDICUS.

C'est moi, ma colombe.

LYDIE.[***]

Et lui !... lui !... il m'a plantée là.

MORDICUS.

J'en éprouve une gaîté folle !

LYDIE.

Sapristi ! que vous m'agacez !... Vous venez toujours vous
jeter dans mes roues comme une petite bûche.

MORDICUS.

Ah ! mais dites donc, ma petite cane !...

LYDIE.

Retournez à vos fils de fer voir si j'y suis !... (*A part.*) L'autre
ne doit pas être loin, il faut que je le rattrape !...

[*] Gonzalve, Lydie.
[**] Mordicus, Lydie.
[***] Lydie, Mordicus.

MORDICUS. *

Vous vous envolez, mon chardonneret?

LYDIE.

Ne me suivez pas, je vous le défends ! (*Lydie sort.*)

SCÈNE IX.

MORDICUS *seul.*

La suivre !... cette reliure m'en ôte la faculté !... Je donnerais cent sous pour une redingote... Et mon inspecteur qui va passer !... s'il ne me voit pas à mon poste, il me destitue !... et s'il me voit en paillasse, à présent surtout qu'il est à cheval sur le costume, je perds mon emploi !... O ciel ! que deviendront mes enfants !... je n'en ai pas, mais je me propose d'en avoir un certain nombre !... Je donnerais trois francs pour un talma !... Ah bah ! soyons intrépide ; sautons jusque chez moi !... Je traverse la rue... je franchis les passants...je ferme les yeux et j'arrive dans mon paletot. J'y cours tête baissée ! (*Il s'élance vers la porte et se heurte avec Brichet qui entre.*)

SCÈNE X.

MORDICUS, BRICHET. **

BRICHET.

Oh !... Est-ce qu'on élève des bœufs dans ce domicile?...

MORDICUS.

J'ai l'épaule en compote !

BRICHET, *à part.*

Un paillasse? sans doute un modèle ! (*Haut.*) M. Symphorien, s'il vous plaît?

MORDICUS.

Je ne sais pas, il court les champs.

BRICHET.

Là !... j'aurais dû m'y prendre plutôt au lieu d'aller chez le fils de Kerkadec que je n'ai pas encore pu joindre et auquel j'ai laissé un pli !

MORDICUS.

Je n'ai pas le temps, bonjour ! (*Fausse sortie.*)

BRICHET, *l'arrêtant.*

Pardon ! je viens pour une plaque !

MORDICUS.

Vous êtes commissionnaire ?

* Mordicus, Lydie.
** Brichet, Mordicus.

BRICHET.

Brichet ! professeur d'arithmétique enseignant la tenue des livres !

MORDICUS.

Les professeurs portent donc des plaques maintenant ?

BRICHET.

Mais non !... je parle de mon portrait !

MORDICUS.

Ah ! bon !

BRICHET.

Le nez n'est pas sorti !... mais, ça ne fait rien, je le rabattrai et je m'en ferai tirer un autre à Paimbœuf,

MORDICUS, *qui l'a examiné, à part.*

Il a un paletot qui me ganterait... pas râpé du tout !... et pour la taille !... (*Il se met à côté de Brichet, et se mesure avec lui.*)*

BRICHET.

Vous avez une démangeaison à l'épaule ?

MORDICUS.

Monsieur Brichet, je tombe à vos pieds !

BRICHET.

Par exemple !... Seriez-vous entrepreneur de chaussures ?

MORDICUS,

Homme respectable, vous avez une figure à me sauver la vie ; sauvez-la moi.

BRICHET.

Mais, mon bon ami, je vous assure que j'ai très-peu de monnaie !

MORDICUS.

De l'argent ! fi-donc !... Prêtez-moi seulement votre paletot pour un quart d'heure !

BRICHET.

C'est une farce ! dites-moi que c'est une farce !... D'abord je je m'enrhumerais.

MORDICUS.

Je vous prêterai le mien.

BRICHET.

Cette toile à matelas ?

MORDICUS.

Pour un quart d'heure. Il y va de mes jours !... je sors du bal ! il faut qu'à l'instant je me rende à mon bureau, et vous qui enseignez la tenue des livres vous devez voir que la mienne n'est pas convenable !

* Mordicus, Brichet.

BRICHET.

Je l'avais remarqué !

MORDICUS.

Faute d'un paletot, on m'ôtera ma place, on me cassera, et je ne suis pas encore d'âge à être cassé.

BRICHET.

Mais, mon bon ami...

MORDICUS.

Si j'étais seul je ne me plaindrais pas, mais j'ai six enfants, monsieur.

BRICHET.

Six enfants ? à votre âge !

MORDICUS.

Quatre filles et trois garçons !

BRICHET.

Ça fait sept alors ?

MORDICUS.

Non ! il y a deux jumeaux !

BRICHET.

Ah ! c'est différent !... mais ça fait toujours sept.

MORDICUS.

Mettons-en sept !... et ils n'ont que moi pour leur donner la pâtée.

Air de l'Éclair.

Ecout' la voix de la nature,
Ou je ferai comme Ugolin...
Qui croqua sa progéniture
Pour la préserver de la faim ;

BRICHET.

Dieu ! quel repas il me retrace,
Puis-je permettre un tel festin !

MORDICUS.

Brichet, de grâce,
Soyez humain ;
Sauvez Paillasse
De son petrin.

ENSEMBLE.

MORDICUS.

Brichet de grâce, etc.

BRICHET.

Soyons bonasse,
Soyons humain,
Tirons Paillasse
De son pétrin !

BRICHET, *pleurant.*

Sa voix me déchire l'âme !...

MORDICUS.

La sienne me déchire les oreilles.

BRICHET.

C'est drôle ! autrefois on remuait les paillasses à présent ce sont les paillasses qui vous remuent ; dans quelle époque vivons-nous ?

MORDICUS, *qui a été regarder au balcon.* *

Fichtre ! mon inspecteur ! chaud ! chaud !

BRICHET.

Homme intéressant ! si vous me juriez solennellement que dans un quart d'heure...

MORDICUS, *ôtant sa casaque.*

Quinze minutes montre à la main.

BRICHET, *ôtant son paletot.*

Pas une de plus ! ma nièce m'attend ! je l'ai laissée au Musée Céramique...

MORDICUS, *l'aidant à s'habiller.*

Passez la manche !

BRICHET. **

Sur une banquette rouge ! et sous la garde d'un suisse vert.

MORDICUS, *habillé.*

Merci, cœur bienfaisant ! délicieux philanthrope !... Vous êtes très-bien en paillasse j... Je cours à mon bureau.

(*Il s'élance sur le balcon.*)

SCÈNE XI.

BRICHET, puis GONZALVE.

BRICHET.

Eh bien, où va-t-il ? Pas par là, monsieur... vous vous trompez de chemin... (*Au balcon.*) Il grimpe sur les toits pour aller à son bureau !... après ça il y descend peut-être par la cheminée ! chacun à ses habitudes ! mais ça peut endommager mon paletot !... Enfin, je lui ai promis un quart d'heure. (*Ecoutant.*) Hein ! il me semble que j'entends... un étranger peut-être !... le rouge me monte au front !... où me tapir ?... oh ! là. (*Il se blottit derrière le rideau.*)

GONZALVE, *entrant une lettre à la main.* ***

Fatalité !... Ma parole c'est à démolir une muraille avec ma

* Brichet, Mordicus.
** Mordicus, Brichet.
*** Gonzalve, Brichet.

tête ! on s'absente de chez soi pendant huit malheureux jours
et, en rentrant, qu'est-ce qu'on trouve ? une lettre ! dans cette
lettre, une femme !... dans cette femme, une épouse ! dans cette
épouse, un oncle !... dans cet oncle, une dot !... et je n'étais pas
là pour la recevoir !... la femme !... non, la dot !... Mais je l'au-
rai ; j'envoie promener le célibat !... je veux redorer mon existence par le procédé conjugal !

BRICHET, *à part.*

Ce n'est pas monsieur Symphorien.

GONZALVE.

Je n'aperçois qu'une tache dans cet horizon !... c'est Lydie,
mon orientale... c'est un nuage qui menace de crever sur ma
noce... avec quoi pourrais-je le balayer ?... Ah ! j'ai l'instru-
ment !... le paillasse ! il me servira de balai !... je le pousse
dans les talons de mon odalisque et mon ciel est nettoyé !

BRICHET, *à part.*

Je crois qu'il a parlé de paillasse !

GONZALVE.

Mais où dénicher ce saltimbanque ?

(*Il se met à chercher.*)

BRICHET, *à part, comme éternuant.*

Grand Dieu ! Grand Dieu !

GONZALVE.

Hein ! ce rideau a éternué !... (*Il tire le rideau.*) C'est lui, je
le tiens !... (*Il ramène Brichet par la main.*)

BRICHET.

Monsieur je vais vous expliquer...

GONZALVE.

Ne tremble pas ! je ne suis plus ton adversaire ! je t'apporte
l'olivier.

BRICHET.

Merci ! mais je ne suis pas le paillasse...

GONZALVE.

Tu l'es !... Regarde cette plaque ou j'ai retracé l'événement ?
elle est belle, cette femme !... elle est jaune !... non ! je veux
dire, elle est jeune ! je te la cède avec toutes ses roupies.

BRICHET.

Pardon, mais...

GONZALVE.

Ce sera ton dernier amour ; je t'autorise à l'épouser...

BRICHET.

Si vous me laissiez dire...

GONZALVE.

Tu l'épouseras, ou je te brûle la cervelle.

(*Il passe derrière le daguerréotype et le braque sur Brichet.*)

BRICHET, *effrayé, se baissant.*

Oui là! c'est convenu!... mais, quand on ne se connaît pas, on est exposé quelquefois, et je serais bien aise de savoir avant tout...

GONZALVE.

Qui je suis?... Gonzalve Kerkadec.

BRICHET.

Ah bah! le fils de Kerkadec, de Paimbeuf!

GONZALVE.

Tu connais papa?

BRICHET.

Un peu, légèrement! (*A part.*) Et c'est à ce gueusard que j'allais livrer ma nièce!

GONZALVE.

Maintenant va vite! la musulmane est en bas dans la rue. (*à part.*) où elle doit me guetter!... (*Haut.*) Offre-lui ta main, ta fortune et l'assurance de ma considération!... Paris, ce...

BRICHET, *à part.*

Je cours chercher ma nièce, et je retourne à Paimbeuf... (*Il va pour sortir.*) Ah! diable!

GONZALVE.

Qu'est-ce qui t'arrête?

BRICHET.

Rien!... (*A part.*) Mon paletot qui ne revient pas, et le quart d'heure est expiré!

GONZALVE.

Balancerais-tu?

BRICHET.

Non!... Je me décide!... (*Il va au balcon.*) Ah! le voilà qui fait tourner une girouette! (*Appelant.*) Eh! là bas! Eh! là bas! (*Bruit de vitres cassées.*)

GONZALVE, *se retournant.*[*]

Est-ce que tu l'aperçois dans la rue?

BRICHET.

Non! je descends! (*A part.*) Il me faut mon paletot ou la mort! (*Haut.*) Eh! là bas! (*Il emjambe le balcon et grimpe sur les toits.*)

GONZALVE, *l'apercevant.*

Dieu! qu'est-ce qu'il fait?... Arrête, malheureux, arrête!...

_____

[*] Brichet, Gonzalve.

(*Au même instant, Brichet fait un faux pas et disparaît par une lucarne.*) Ah ! dégringolé dans une tabatière ! l'aurais-je poussé au suicide ? c'est affreux !... et Lydie va me retomber sur le dos ! ... (*Il ferme la fenêtre du balcon.*)

SCÈNE XII.

GONZALVE, SYMPHORIEN.

SYMPHORIEN.

Ah ! mon ami, que je te saute au cou !

GONZALVE.

Comme tu es radieux !

SYMPHORIEN.

Je le suis !... j'ai pris des actions sur l'amour et cette valeur est en hausse !

GONZALVE.

Ta bretonne t'a donné un dividende ?

SYMPHORIEN.

Je l'ai revue au Musée Céramique !...

GONZALVE, *à part.*

Dans une tabatière !

SYMPHORIEN.

L'oncle n'était pas là !... elle m'a fait des aveux... si tu savais comme elle entend bien l'aveu !... mon rival est coulé !... un vagabond qui ne dort jamais dans ses draps !

GONZALVE.

Tiens, c'est dans mon genre !

SYMPHORIEN.

Mais son oncle... je croyais le trouver ici, tu n'as vu personne ?

GONZALVE.

Si !... pas mal de monde !... et quel monde !... mais d'oncle, point !... pas même celui qui est venu chez mon concierge.

SYMPHORIEN.

Serais-tu aussi à la tête d'un oncle ?

GONZALVE.

Et d'une nièce... juste comme toi !... seulement mes actions ne haussent pas... au contraire !

SYMPHORIEN.

Et ton ottomane ? ta houri ?

GONZALVE.

Je voudrais qu'elle fût dans le paradis de Mahomet ! je n'irais pas l'y chercher !... Ecoute ! n'entends-tu pas dans l'escalier ?...

2

SYMPHORIEN.

Les oreilles te cornent !

GONZALVE.

Ne me quitte pas !... elle va monter avec un yatagan qu'elle m'enfoncera où elle pourra !

SYMPHORIEN.

Il y a donc entre vous un *casus belli* ?

GONZALVE.

Le casus y est !... je l'aversionne et je donnerais des millions pour être payé de retour !... connais-tu un moyen de se faire haïr ?

SYMPHORIEN.

Moi, non !... je ne sais qu'aimer et plaire.

GONZALVE.

Attends ! un lampion qui s'allume dans ma tête !

SYMPHORIEN.

Ça va te brûler la cervelle !

GONZALVE.

Ne ris pas !... je vois écrit sur un transparent : fortune, hymen, bonheur !... ton ami remonte sur sa bête !

SYMPHORIEN, *écoutant.*

Cette fois-ci je crois entendre...

GONZALVE.

Laisse venir, laisse entrer !

SYMPHORIEN.

Mais au moins, dis-moi...

GONZALVE.

Viens, je t'expliquerai mon lampion.

(*On frappe à la porte.*)

SYMPHORIEN.

C'est elle ! (*Ils disparaissent par la gauche.*)

SCÈNE XIII.

LYDIE, puis SYMPHORIEN.

LYDIE, *entrant.*

Personne !... et la porte était ouverte !... donc il y est !... il joue à cache-cache !... mais s'il croit que je le lâcherai comme ça !... Je le repincerai... soyons rouée comme un lion de l'Œil-de-Bœuf !... (*Elle frappe à la porte de la chambre à coucher.*)

SYMPHORIEN, *avec sa vareuse et sa calotte.*

Une dame !... belle dame, quel est le hasard fortuné ?

LYDIE.

Je demande monsieur Symphorien !

SYMPHORIEN.

Il est devant vous.

LYDIE.

Ou çà ?... je ne vois pas !

SYMPHORIEN.

Je ne suis cependant pas invisible ?

LYDIE.

Vous ?

SYMPHORIEN.

Artiste en daguerréotype ! et jouissant d'une réputation assez européenne !

LYDIE.

Allons donc ! c'est une colle !

SYMPHORIEN.

Ma réputation ?

LYDIE.

Non ! ce que vous dites ! vous ne me soutiendrez pas que vous êtes chez vous... c'est bien ici que j'ai posé ce matin pour mon portrait, face à face avec un Symphorien qui n'était pas vous.

SYMPHORIEN.

Un autre Symphorien ! une seconde édition ?

LYDIE.

Il avait votre calotte et votre camisole !

SYMPHORIEN.

Ma vareuse !... c'est sans doute un paltoquet qui se sera faufilé en mon absence ! Voilà, madame, voilà comme les domestiques gardent la maison ! ce Saint-Jean n'en fait pas d'autres.

LYDIE.

Saint-Jean ?

SYMPHORIEN.

Mon groom ! il va m'expliquer... (*Appelant.*) Saint-Jean ! Saint-Jean !

LYDIE, *appelant.*

Ici, Saint-Jean.

* Symphorien, Lydie,

SCÈNE XIV.

Les Mêmes, GONZALVE, puis ZOÉ.

GONZALVE, *en livrée et cirant des bottes.* *

Voilà ! voilà ! monsieur désire ses bottes ?

SYMPHORIEN.

Approche ici, drôle !

LYDIE, *le reconnaissant.*

Ciel !... un larbin !

GONZALVE.

Dieu ! ma houri !

LYDIE, *tombant sur une chaise.*

Ah ! il m'a fait poser.

GONZALVE, *bas à Symphorien.*

J'ai produit mon effet ; j'enfonce les scapins !

SYMPHORIEN.

Mais elle se pâme ! il faudrait la délacer !

GONZALVE.

N'y touche pas que je ne sois pas à la barrière du Trône. (*Il va pour sortir.*)

ZOÉ, *en dehors.*

Mon oncle ! mon oncle ? êtes-vous là ?

SYMPHORIEN.

La voix de Zoé !

GONZALVE, *s'arrêtant*

Zoé !

ZOÉ, *entrant.*

Monsieur Symphorien, mon oncle n'est pas chez vous ?

SYMPHORIEN.

Non, mademoiselle, j'ignore où est passé le père Brichet !

GONZALVE, *étonné.*

Brichet !

ZOÉ.

Qu'est-ce qu'il est devenu ? aidez-moi du moins à le chercher.

SYMPHORIEN.

Je ne peux pas ! je travaille à redresser une fleur penchée sur sa tige !

ZOÉ , *la regardant.*

Une dame !... Ah ! mon Dieu ! c'est Lydie, notre cuisinière de Paimbeuf.

---

* Gonzalve, Symphorien, Lydie.

GONZALVE.

Une maritorne !

L YDIE.

Du tout !... une brunisseuse...

GONZALVE.*

Parvenue !

LYDIE, *se relevant.*

Eh bien, après ?... vous êtes bien un groom, vous ; nous serons des époux assortis !

GONZALVE.

C'est comme ça que vous êtes de l'orient ?

LYDIE.

De Lorient, département du Morbihan.

ZOÉ.

C'est vrai !

GONZALVE.

Ah ! elle est du Morbihan !.... Je reprends ma dignité d'homme ! j'abdique Saint-Jean !... et je redeviens Gonzalve Kerkadec.

ZOÉ.

Kerkadec !... mon prétendu !

SYMPHORIEN.

Pas possible !... Oh ! mon pauvre ami, je suis desolé..,
(On entend un grand bruit sur le balcon, et l'on voit à travers les vitres Brichet et Mordicus qui se gourment.

GONZALVE.

Qui est-ce qui fait la parade là-bas ? (*Il va ouvrir au balcon.*)

SCÈNE XV.

LES MÊMES, BRICHET, MORDICUS.

BRICHET, *entraînant Mordicus.*

Mon paletot, ou la mort !

MORDICUS.

Puisque vous avez le mien !

ZOÉ.

Mon oncle ! mon oncle ! dans quel état !...

* Gonzalve, Lydie, Zoé, Symphorien.

2

GONZALVE, *à part.*

Son oncle ! j'ai manqué de touche.

BRICHET.

Mon paletot, ou la mort !

MORDICUS.

Mais vous l'avez mis en lambeaux ! c'est une loque !

BRICHET.

Un paletot du *Prophète*... sans couture !

MORDICUS.

C'est égal... vous m'avez sauvé l'honneur, mon estime vous est acquise !

GONZALVE, *le regardant.*

Ah ! je le remets !... c'est le vrai paillasse. Eh bien, puisque tu veux épouser cette jeunesse... (*Il lui présente Lydie.*)

BRICHET.

Lydie !... mon ex-cordon-bleu !

MORDICUS.

Je la prends à mon service.

GONZALVE.

Et tu lui donneras des gages ?

MORDICUS.

D'affection, toujours !

LYDIE.

Jamais !... je refuse !

MORDICUS, *à part.*

J'aime mieux ça.

BRICHET.

Nous, ma nièce, retournons à Paimbeuf.

GONZALVE.

Et votre gendre, père Brichet ?

BRICHET.

Vous mon gendre !... plus souvent !

GONZALVE,

Un instant !... j'en ai un autre de rechange. (*Il lui présente Symphorien.*)

BRICHET.

Monsieur Symphorien !.. D'abord, ma nièce ne voudrait pas !...

ZOÉ.

Mais si fait, mon oncle !

GONZALVE.

Ils ont roucoulé au Musée Céranique.

BRICHET.

Oui ! mais un petit artiste !... qui a manqué mon nez !

SYMPHORIEN.

Raison de plus, père Brichet !... mariez-nous, je vous promets un nouveau né.

BRICHET.

Eh bien, quand il sera venu nous y penserons.

CHOEUR FINAL.

Air *des Portes et Placards.*

Grâce à ces liens charmants !
Puissent ces heureux amants,
Prospérer encor cent ans,
Fiers de leurs nombreux enfants !

FIN.

Clermont (Oise). — Imp. A. Daix.